Ingo Siegner

Der kleine Drache Kokosnuss und der chinesische Drache

Ingo Siegner

Der kleine Drache Kokosnuss
und der chinesische Drache

cbj

MIX
Papier | Fördert gute Waldnutzung
FSC® C043106
FSC
www.fsc.org

Penguin Random House Verlagsgruppe
FSC® N001967

4. Auflage

in der Penguin Random House Verlagsgruppe GmbH,
Neumarkter Str. 28, 81673 München
produktsicherheit@penguinrandomhouse.de
(Vorstehende Angaben sind zugleich Pflichtinformationen nach GPSR)

Umschlagbild und Innenillustrationen: Ingo Siegner
Lektorat: Hjördis Fremgen
Umschlagkonzeption: Sebastian Maiwind, Berlin
hf · Herstellung: AJ
Satz und Reproduktion: Lorenz+Zeller GmbH, Inning a. A.
Druck: Grafisches Centrum Cuno GmbH & Co. KG, Calbe
ISBN 978-3-570-17734-1
Printed in Germany

www.cbj-verlag.de
www.drache-kokosnuss.de
www.youtube.com/drachekokosnuss

Inhalt

Einladung nach China

Auf der Dracheninsel haben die Ferien begonnen. Kokosnuss und Matilda sind mit Oskar am Strand verabredet.
»Wo er nur bleibt?«, fragt der kleine Feuerdrache.
»Da kommt er ja!«, sagt das Stachelschwein.
Missmutig stapft Oskar durch den Sand.
»Schlecht gelaunt?«, fragt Matilda.
»Hmpf«, brummt Oskar. »In den Ferien muss ich mit meinem Vater nach China reisen, zur Hochzeit von Onkel Helmut.«
»Ist dein Onkel etwa ein Chinese?«, fragt Kokosnuss.
»Nein, er ist doch Papas Bruder. Aber er wohnt in China und heiratet eine Chinesin.«
»Eine Drachin?«, fragt Matilda.
»Öh, ich glaube schon«, sagt Oskar.
»Ich wusste gar nicht, dass es in China auch Drachen gibt«, sagt Matilda.
»Onkel Helmut hat uns geschrieben, dass in

China sogar der mächtigste Drache der Welt lebt. Er heißt Long Long.«

»Was ist denn das für ein Name?«, fragt Kokosnuss.

»Das ist Chinesisch und bedeutet Drache Drache, also irgendwie Doppeldrache, weil Long Long doppelt so stark ist wie alle anderen Drachen.«

»Stärker als dein Papa?«, fragt Kokosnuss.

»Keine Ahnung. Mein Papa glaubt jedenfalls kein Wort davon. Er sagt, die stärksten Drachen sind die Fressdrachen, also wir.«

»Hm«, murmelt Kokosnuss. »Dein Papa in China. Wenn das mal gut geht!«

»In China«, sagt Matilda, »sind die Leute sehr höflich. Dein Papa weiß wahrscheinlich gar nicht, was höflich bedeutet.«

»Stimmt«, sagt Oskar.

»Nichts für ungut«, sagt Kokosnuss, »aber dein Papa wird sich garantiert danebenbenehmen.«

Oskar seufzt und sagt: »Garantiert.«

»Wir könnten ihm Benehmen beibringen!«, sagt Matilda.

»Meinem Papa Benehmen beibringen?«, fragt Oskar.
»Wir könnten es versuchen!«, sagt Kokosnuss.

Herbert, Höflichkeit und Bratochsen

»Benehmen?«, brummt Oskars Vater Herbert. »Nie gehört.«

Kokosnuss, Matilda und Oskar sitzen in der Höhle bei Oskars Eltern.

»Benehmen ist, wenn man höflich ist«, sagt Oskar.

»Höflich? Was soll das sein?«, fragt der große Herbert.

»Öh ... höflich ist ... ehm ...«, stottert Oskar.

»Wenn Sie jemanden mögen«, sagt Kokosnuss, »dann sind Sie höflich zu ihm.«

»Und wenn Sie jemanden nicht mögen«, sagt Matilda, »dann auch.«

»Hä?«

»In China sind alle immer höflich zueinander«, sagt Kokosnuss. »Außerdem essen Chinesen mit Stäbchen.«

»Stäbchen?«, knurrt Herbert. »Was für Stäbchen?«

In diesem Moment ruft Oskars Mutter Adele: »Zu Tisch! Die Bratochsen sind fertig!«
Flink verschwindet Oskar um die Ecke und kommt mit zwei Holzstäben zurück. Die Stäbe sind so groß wie Zaunpfähle.
»Die habe ich für dich geschnitzt, Papa!«
»Ich bin ein Fressdrache und kein Stäbchen-Esser!«
»Herbert«, sagt Adele. »Oskar meint es doch nur gut.«
»Du hast gut reden«, brummt Herbert. »Du musst ja auch nicht nach China reisen.«

»Du weißt genau, dass ich bei Mutter bleiben muss. Und Helmut ist schließlich dein Bruder.«
»Ja, ja, schon gut.«
»Dein Sohn hat ganz recht«, fährt Adele fort, »es kann nicht schaden, sich für die Hochzeit ein wenig den örtlichen Gebräuchen anzupassen.«
»Örtliche was?«, brummt Herbert.
»Zum Beispiel mit Stäbchen zu essen«, sagt Adele. »Und die Leute nicht mit einem Schlag auf den Rücken zu begrüßen!«
»So ein kleiner Klaps auf den Rücken ist doch eine nette Begrüßung!«, sagt Herbert.
»Aber nicht, wenn der andere keine Luft mehr kriegt«, sagt Adele.
»Oder ihm das Gebiss herausfliegt«, sagt Oskar.
»Hihihi«, kichert Herbert, »ist doch lustig.«
»Für dich vielleicht«, sagt Adele vorwurfsvoll.
»Aber deinem Bruder wird es sehr peinlich sein.«
»Der soll sich nicht so anstellen«, knurrt Herbert.
»Außerdem weiß ich nicht mal, was Guten Tag auf Chinesisch heißt.«
»Ni hao«, sagt Kokosnuss.

»Hä?«

»Guten Tag heißt auf Chinesisch *ni hao.*«

»Und Bitte heißt *qing*[1]«, sagt Matilda.

»Und Danke heißt *xie xie*[2]«, sagt Oskar.

»Sonst noch was?!«, zischt Herbert wütend, spießt mit einem der Stäbe einen Bratochsen auf und schiebt den ganzen Ochsen in sein riesiges Maul.

Am Abend sitzen Kokosnuss, Matilda und Oskar wieder am Strand und blicken aufs Meer.

»Die Reise wird eine Katastrophe«, sagt Oskar. »Mein Papa wird sich aufführen wie eine Maus in der Eisdiele.«

»Wie ein Elefant im Porzellanladen«, sagt Matilda.

»Wie?«, fragt Oskar.

»Es heißt: *Wie ein Elefant im Porzellanladen,* nicht *Wie eine Maus in der Eisdiele*. Wie soll eine Maus in der Eisdiele sich denn danebenbenehmen?«

[1] *Qing* wird Tschiäng ausgesprochen.
[2] *Xie xie* wird Schiäschiee ausgesprochen.

»Wieso?«, sagt Oskar. »Eine Maus kann sich in einer Eisdiele sehr danebenbenehmen. Sehr, sehr, sehr daneben! Sie könnte in jeden Eistopf springen und jedes Eis probieren. Und dann, stell dir vor, die vielen klitzekleinen Mäuseköttel in den Eistöpfen, igitti!«
»Schon gut!«, sagt Matilda. Mäuseköttel im Eis, brrr!
Oskar starrt auf die Wellen und sagt: »Das wird eine superlangweilige Reise. Papa frisst den ganzen Tag nur Ochsen. Oder er schläft.«
»Und wenn wir mitkommen würden?«, fragt Kokosnuss.
»Ich bin dabei!«, sagt Matilda.
Oskar springt auf und ruft: »Das wäre megacool!«
Doch dann plumpst der kleine Fressdrache wieder in den Sand und seufzt. »Mein Papa erlaubt bestimmt nicht, dass ihr mitkommt. Und außerdem ist das Ruderboot viel zu klein.«

»Ihr wollt nach China rudern?«, fragt Kokosnuss ungläubig. »Bis ihr dort ankommt, ist die Hochzeit längst vorbei.«
Da hat Matilda eine Idee: »Und wenn wir Amadeus fragen?«

Reise nach China

Einige Tage später rauscht der Meeresdrache Amadeus über das Meer. Auf seinem Rücken haben es sich der große Herbert, sein Sohn Oskar und Kokosnuss und Matilda bequem gemacht. Im Schlepptau zieht Amadeus ein Beiboot, das mit frisch gebratenen Ochsen beladen ist.
»Mit Amadeus macht die Reise mehr Spaß, Papa, oder?«, sagt Oskar.
»Das war eine gute Idee«, brummt Herbert und staunt, wie schnell der Meeresdrache schwimmen kann.
Matilda freut sich, und ein kleines bisschen stolz ist sie auch, denn ohne sie würde Amadeus sie nicht nach China bringen. Der Meeresdrache mag das Stachelschwein nämlich sehr gerne und tut ihm jeden Gefallen. Und als Oskars Vater hörte, dass er nicht rudern muss, war er sogar einverstanden, dass Kokosnuss und Matilda mitkommen!

Kurz bevor Herbert den letzten Bratochsen aufgefressen hat, erreicht Amadeus mit seinen Passagieren die Küste Chinas. Er biegt in die Mündung eines breiten Flusses ein und schwimmt einen halben Tag lang stromaufwärts, vorbei an Bergen und Tälern, an Hügeln und Wiesen, an Feldern und Wäldern.

»Gehört das alles zu China?«, fragt Matilda mit großen Augen.
»China ist eines der größten Länder der Erde«, sagt Amadeus.

An den Ufern grüner Hügel hält der Meeresdrache an und sagt: »Endstation. Alle absteigen! Treffpunkt in einer Woche, genau hier!«
»Und was machst du solange?«, fragt Matilda.
»Ich habe Verwandte in der Nähe«, antwortet Amadeus. »Denen werde ich einen Besuch abstatten.«
Als seine Fahrgäste abgestiegen sind, taucht der große Meeresdrache unter und ist im Nu in den Tiefen des Flusses verschwunden.

Herbert gähnt, blickt auf das leere Beiboot und sagt: »Hoffentlich bekommen wir hier was Anständiges zu fressen!«
»Die chinesische Küche soll sehr gut sein«, sagt Kokosnuss.
»Pfff«, knurrt Herbert. »Mit Stäbchen ... wie soll das schon schmecken?«
»Leute, seht euch mal den Himmel an!«, sagt Matilda und zeigt auf ein Unwetter, das sich über den Hügeln zusammenbraut.
»Ach«, brummt Herbert. »Das bisschen Regen!«

Er breitet die Karte aus, die sein Bruder Helmut ihm geschickt hat.

»Was bedeutet denn die rote Fläche in der Mitte?«, fragt Kokosnuss.

»Da sollen wir drum herum gehen«, sagt Oskar. »Das ist nämlich das Gebiet von Long Long. Betreten verboten.«

»Und außerdem ist dort das Unwetter«, sagt Matilda.

»Pah, schnurzpiepegal!«, sagt Herbert. »Wir nehmen den direkten Weg! Ab durch die Mitte!«

»A-aber Papa!«, stottert Oskar. »Onkel Helmut hat doch geschrieben, dass wir auf keinen Fall durch den roten Bereich gehen sollen! Dieser Long Long soll supergefährlich sein!«

»Ach ja? Und ich? Bin ich etwa nicht supergefährlich?!«

»Doch!«, rufen Kokosnuss und Matilda gleichzeitig.

»Also dann, auf geht's!«

Die Freunde folgen Oskars Vater in das Hügelland, das sich östlich des Flusses vor ihnen ausbreitet. Sie wandern über Wildblumenwiesen, überqueren Bachläufe, klettern durch felsiges Gelände und gelangen in einen riesigen Wald. Manchmal, wenn sie müde sind, dürfen die drei Freunde auf Herberts Rücken klettern, und manchmal fliegt Kokosnuss über die Bäume hinweg und staunt über das weite Land.

Immer wieder aber blicken sie sich misstrauisch um. Hoffentlich treffen sie nicht auf diesen Long Long!

Plötzlich flüstert Kokosnuss: »Seht mal, die Spur!«

Auf dem Waldboden erkennen sie deutlich den Abdruck einer riesigen Klaue.

»D-die m-muss von Long Long sein«, stottert Matilda.

»Pah, der soll nur kommen«, sagt Herbert. »Aus dem mache ich Schaschlik am Spieß! Oder am Stäbchen! Hihi!«

Plötzlich ertönt hinter ihnen ein Schmatzen. Erschrocken drehen Matilda und Kokosnuss sich um.

»Lecker, diese Früchte!«, sagt Oskar und beißt herzhaft in eine große gelbe Beere. »Geht nur schon vor! Ich nehme ein kleines Zwischenfrühstück ein.«

»Du solltest lieber mal einen Ochsen fressen!«, knurrt Herbert.
»Papa!«, sagt Oskar. »Du weißt doch, dass ich gegen Fleisch allergisch bin.«
»Ja, ja. Aber bleib nicht zu lange!«
Nachdem Herbert, Kokosnuss und Matilda ein Stück weitermarschiert sind, beschließen sie, auf Oskar zu warten. Sie warten und warten, doch Oskar lässt sich nicht blicken.
»Wo bleibt er nur?«, fragt Matilda.
»Wenn Oskar erst einmal etwas zu fressen gefunden hat«, sagt Kokosnuss, »dann vergisst er alles um sich herum.«
»Ich gehe ihn holen«, brummt Herbert.

Der große Drache Long Long

Als Oskars Vater zwischen den Bäumen verschwunden ist, hören sie ein fernes Donnern.
»Das Unwetter«, sagt Matilda besorgt.
Kokosnuss fliegt in die Höhe und ruft: »Es kommt näher. Der Himmel über den Hügeln ist schon ganz dunkel. Sieht ziemlich unheimlich aus.«
»Hier im Wald ist es auch unheimlich«, sagt Matilda.
»Findest du?«, sagt Kokosnuss, als er wieder festen Boden unter den Füßen hat.
Die Freunde lauschen den Geräuschen des Waldes. Sie hören Zwitschern, Zirpen, Kreischen, Knacken, Klappern, Klackern, Klopfen, Rauschen, Rascheln, Piepsen, Grunzen, Pupsen … und plötzlich … ist es still im Wald.
»Was ist denn jetzt los?«, flüstert Matilda.
Da hören sie ein Räuspern.
Langsam drehen die beiden sich um. Ein riesiger, orangefarbener Drache blickt sie aus großen

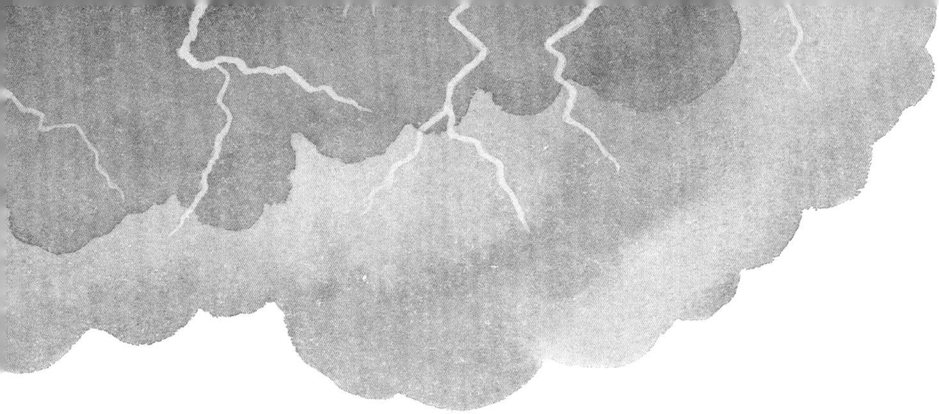

Augen an. Aus seinem Kopf ragen zwei seltsame Hörner. Lange, schwarze Barthaare zieren das mit furchtbaren Reißzähnen gespickte Maul. Aus den großen Klauen wachsen bedrohlich spitze Krallen. Kokosnuss und Matilda weichen erschrocken zurück. Beeindruckt mustert Kokosnuss den schuppigen, schlangenförmigen Körper des Drachen.

»N-n-ni hao«, stottern die Freunde.

»Ni hao«, sagt der Drache mit einer tiefen Stimme. »Wartet ihr auf jemanden?«

»Auf Herbert!«, sagt Matilda schnell. »Das ist ein riesiger Fressdrache, und der kommt gleich wieder!«

»So, so, ein riesiger Fressdrache«, wiederholt der Drache.

»Gegen Herbert«, sagt Kokosnuss, »ziehen Sie aber den Kürzeren!«

»O-obwohl Sie so lang sind«, sagt Matilda und blickt auf den Körper des Drachen, der so lang ist, dass sein Ende irgendwo in der Tiefe des Waldes verschwindet.

»Nun«, sagt der Drache ruhig. »Darauf lasse ich es ankommen.«

Er kommt näher und schnüffelt. »Ihr riecht interessant.«
»W-wir kommen von der Dracheninsel«, sagt Kokosnuss. »Ich bin Kokosnuss, ein Feuerdrache, und das ist Matilda, ein Stachelschwein.«
»Stachelschweine sind mir bekannt«, sagt der Drache. »Die ergeben einen guten Grundgeschmack.«
»Grundgeschmack?!«, wiederholt Matilda. »Wieso Grundgeschmack?«
Der Drache lächelt und sagt: »Und Feuerdrache gibt meiner Suppe sicher eine ganz besondere Note!«
»Suppe?!«
»Nun ja«, murmelt der Drache, »eigentlich wollte ich ja Pilze sammeln, aber Pilzsuppe könnte ich jeden Tag haben, wohingegen eine würzige Feuerdrachen-Stachelschwein-Suppe…«
»Feuerdrachen-Stachelschwein-Suppe?!«, rufen Kokosnuss und Matilda entsetzt.
Blitzschnell packt der große Drache die beiden Freunde.

»Hilfe!«, schreit Matilda und wehrt sich mit Pfoten und Stacheln, doch die Schuppen des Ungetüms sind pfoten- und stachelfest. Kokosnuss speit einen kräftigen Feuerstrahl auf die riesige Klaue, doch der fremde Drache verzieht keine Miene.

Er ist feuerfest!, durchfährt es Kokosnuss. Seine Gefangenen fest im Griff, schlängelt sich der große Drache behände durch den Wald bis zu einem See, aus dem grüne, buckelartige Berge aufragen. Auf einer Halbinsel steht ein mit mehreren geschwungenen Dächern versehenes Gebäude.

»Eine Pagode«, flüstert Kokosnuss beeindruckt.[3] Die Pagode ist so groß, dass selbst der riesenhafte Drache mühelos Platz darin findet. In der Mitte des Raumes steht ein Suppentopf auf einer Feuerstelle. An einer Wand sind Kellen, Messer und allerlei anderes Besteck befestigt. In einem Regal

[3] Pagoden sind Gebäude, die vor allem in Ostasien (also auch in China) zu finden sind. Sie haben geschwungene Dächer und dienen meist religiösen Zwecken. Long Longs Pagode war verlassen, bevor der große Drache dort einzog.

daneben stapeln sich Teller, Tassen, Stäbchen und Schüsseln, in einem anderen sind Bücher aufgereiht. An der gegenüberliegenden Wand hängen große Zirkusplakate mit Bildern von Akrobaten.[4]

»Dieser Drache scheint ein Zirkus-Fan zu sein«, flüstert Kokosnuss.

»Das kann ja sein«, flüstert Matilda.

»Hauptsache, der steckt uns jetzt nicht in diesen Suppentopf!«

Doch leider tut der Drache genau das: Er sperrt die Freunde in einen Käfig, stellt diesen in den halb mit Wasser gefüllten Suppentopf und entzündet darunter ein Feuer.

»Hören Sie, Herr ...«, ruft Kokosnuss.

[4] Die chinesischen Schriftzeichen auf dem Plakat bedeuten »Zirkus«.

»Long Long ist mein Name«, sagt der große Drache.
»Äh, Herr Long Long«, sagt Kokosnuss. »Vielleicht könnten wir noch einmal über das Suppenrezept sprechen!«
»Hier wird nicht diskutiert«, sagt der Drache Long Long streng. »Ihr köchelt jetzt langsam gar. Ich sammle solange noch ein paar Zutaten.«
Mit diesen Worten schnappt er sich einen Korb, verlässt die Pagode und verschwindet im Wald.
»Der lässt uns einfach im Suppentopf zurück!«, sagt Matilda fassungslos.
»Wir sollen langsam gar köcheln, au Backe!«, flüstert Kokosnuss.
Das Wasser, in dem der Käfig steht, wird wärmer und wärmer.
Plötzlich hört Matilda ein Schmatzen: Kokosnuss hat sein Pausenbrot hervorgeholt.
»Wie kannst du jetzt essen?«, fragt das Stachelschwein.
»Wieso? Ich habe eben Hunger. Willst du mal probieren? Ich habe eins mit Käse und eins mit Mortadella.«

»Nein danke, ich habe selber«, brummt Matilda, und weil sie auch Hunger hat, kramt sie ihre eigenen Butterbrote hervor, eines mit Kräuterquark und eines mit Zwiebelmettwurst.
»Wenn wir erst einmal etwas im Magen haben«, sagt Kokosnuss, »wird uns schon ein Ausweg einfallen.«
In diesem Augenblick hören sie Schritte.

Fluchtversuch

»D-da draußen ist jemand«, flüstert Kokosnuss. Die beiden verputzen schnell ihre Stullen und starren zum Eingang.
Ein kleiner Drache erscheint in der Türöffnung und sagt: »Kuckuck!«
»Oskar!«, rufen Kokosnuss und Matilda erleichtert. »Wo kommst du denn her?«
Der kleine Oskar betritt fröhlich die Pagode und sagt: »Ihr wart plötzlich verschwunden, und dann habe ich die Spuren von diesem langen Lulatsch gesehen und mir gedacht: Geh dem mal hinterher! Und siehe da: Da seid ihr ja! Aber was macht ihr denn im Suppentopf?«
»Der lange Drache«, sagt Kokosnuss, »ist Long Long. Er will eine Suppe aus uns machen!«
»So ein Frechdachs!«
»Könntest du schnell den Käfig öffnen!?«, fragt Kokosnuss und zeigt auf den Schlüssel, der an der Wand hängt. »Long Long kann jeden Moment

zurückkommen. Außerdem wird es langsam heiß hier drinnen.«

Oskar nimmt den Schlüssel vom Haken und schließt den Käfig auf. Flink klettern Kokosnuss und Matilda aus ihrem feuchten Gefängnis.

»Nichts wie weg hier!«, sagt Matilda.

Draußen hat sich der Himmel verfinstert. Blitze zucken, und ein kalter Wind fährt durch die Bäume.

»Beeilen wir uns!«, sagt Kokosnuss. »Sonst kommen wir in das Unwetter!«

Doch kaum sind sie aus der Pagode getreten, als sie eine wohlbekannte Stimme hören: »Wo soll's denn hingehen?«
Starr vor Schreck bleiben die Freunde stehen. Vor ihnen versperrt der riesige Long Long den Weg. Der große Drache erblickt Oskar und sagt: »Da ist ja noch jemand!«
Oskar verbeugt sich: »Ni hao. Oskar mein Name.«
Neugierig betrachtet Long Long den kleinen Fressdrachen. »Hm, du könntest mir bei der Zubereitung der Suppe helfen.«
»Kokosnuss und Matilda sind meine Freunde. Da helfe ich dir ganz bestimmt nicht bei der Suppe.«
»Hm, deine Freunde sind das«, brummt Long Long. »Na schön. Dann probierst du die Suppe eben, wenn sie fertig ist. Sie wird ausgezeichnet schmecken.«
»Ich bin aber Vegetarier«, sagt Oskar. »Und außerdem esse ich doch meine Freunde nicht auf.«
Da meldet sich Matilda: »Wenn ich als Zutat auch einmal etwas sagen dürfte: Ich finde es

nicht in Ordnung, Kokosnuss und mich in einen Suppentopf zu werfen! So etwas tut man nicht, das ist unhöflich!«

Verwundert blickt Long Long auf die wütende Matilda.

In diesem Augenblick durchzuckt ein mächtiger Blitz den rabenschwarzen Himmel. Der Donner ist so laut, dass selbst Long Long aufschaut. Da sieht Kokosnuss, wie sich aus dem Unwetter ein Wirbel löst. Ein Wirbelsturm, denkt Kokosnuss, und er kommt genau auf uns zu![5]

Ohne dass der große Drache etwas bemerkt, flüstert Kokosnuss: »Ich habe eine Idee. Macht ihr mit?«

»Klar!«, flüstert Oskar zurück.

»Wobei denn?«, fragt Matilda.

»Ehm ... wie wir hier heile herauskommen könnten.«

Matilda zögert und flüstert: »Ich bin dabei!«

[5] Manche von euch werden jetzt vielleicht denken, dass die Wetterhexe Gula hinter dem Unwetter steckt (siehe »Der kleine Drache Kokosnuss und die Wetterhexe«), aber dieses Mal hat die Hexe nichts damit zu tun.

Kokosnuss wendet sich an Long Long und sagt: »Sie wissen wahrscheinlich nicht, dass wir berühmte Zirkusartisten sind, nämlich die *Fliegenden Mohrrüben*. Wir sind in der Welt bekannt für unsere waghalsigen, einzigartigen Flug-Kunststücke! Und wenn Sie versprechen, uns nicht aufzufressen, dann geben wir für Sie eine Privatvorstellung mit unseren schwierigsten Kunststücken!«

Der große Long Long blickt auf den kleinen Feuerdrachen herab, verzieht das Maul und knurrt: »*Fliegende Mohrrüben*? Du willst mich wohl foppen! Deine beiden Freunde haben ja nicht einmal Flügel!«

»Aber sie können trotzdem fliegen!«, sagt Kokosnuss.

»Hä?«, flüstert Oskar. »Ich kann doch nicht fliegen!«

»Sag einfach, dass du es kannst!«, flüstert Kokosnuss.

Da ruft Oskar: »Natürlich kann ich fliegen! Das ist eine meiner leichtesten Übungen!«

Kokosnuss stupst Matilda an, und das Stachelschwein versichert: »Ich auch! Ich bin das bekannte fliegende Stachelschwein, Sie werden staunen! Und zusammen sind wir die *Fliegenden Mohrrüben*! Wir sind berühmt!«

»Und wie berühmt wir sind!«, sagt Oskar. »Wir sind die berühmtesten fliegenden Mohrrüben der Welt! Berühmter geht's nicht!«

»Hm, ich kenne mich gut aus in der Zirkuswelt«, sagt Long Long misstrauisch. »Wie kommt es, dass ich noch nie von euch gehört habe?«

»Äh ... also ...«, stammelt Kokosnuss. »Wir sind ein Geheimtipp.«
»Wir sind geheimberühmt!«, sagt Oskar. »Die geheimsten berühmten Mohrrüben, die man sich vorstellen kann.«
»So, so«, brummt Long Long. »Und was für Kunststücke könnt ihr denn?«
»Ja ... äh, die Kunststücke«, stottert Kokosnuss. »Also, als Erstes wäre da die, äh, die Käse-Rolle, danach die dreifach verschraubte Mortadella und dann der fünffache Kräuterquark, und dann ... und dann ... die achtfache Zwiebelmettwurst, eine Weltpremiere!«
»Klingt ja wie Butterbrot«, murmelt Long Long und legt seinen Kopf auf die verschränkten Arme. »Dann legt mal los!«
Kokosnuss blickt unmerklich zu dem Wirbelsturm, der sich ihnen nähert, und sagt: »Wir müssen nur kurz das Flugprogramm noch mal besprechen.«
»Keine Eile«, sagt Long Long.

Die drei Freunde bilden einen Kreis und besprechen sich im Flüsterton.
»Also, Leute«, sagt Kokosnuss. »Ihr seht doch den Wirbelsturm, der auf uns zukommt! Wenn der hier ist, halten wir uns an den Händen. Und auf ›Eins, zwei, drei, los!‹ springen wir da hinein und lassen uns herumwirbeln.«
»Und dann?«, fragt Matilda.
»Dann springen wir wieder hinaus.«
»Äh, und das geht?«, fragt Matilda. »Ich bin noch nie in einen Wirbelsturm gesprungen.«

»Und was hat das überhaupt mit der Mettwurst zu tun?«, fragt Oskar. »Ich bin doch Vegetarier!« Matilda rollt mit den Augen und sagt: »Oskar, das heißt nur so!«

»Achtung!«, ruft Kokosnuss.

»Der Wirbelsturm!«

Die achtfache Zwiebelmettwurst

Der Wirbelsturm rauscht wie eine riesige, sich drehende Säule durch den Wald. Ganze Bäume werden entwurzelt und hoch in die Luft geschleudert.

»So etwas habe ich ja noch nie gesehen«, brummt Long Long und schüttelt seinen mächtigen Kopf. »Und bei dem Sturm wollt ihr ein Kunststück in der Luft vorführen?«

»G-genau!«, stottert Kokosnuss.

»S-so ein Wirbelsturm«, sagt Oskar, »ist doch am Ende auch nur ein, äh, ein ... Wirbelsturm.«

»G-genau«, stammelt Matilda.

Jetzt ist der Wirbel ganz nah.

Die Freunde fassen einander bei den Händen und rufen: »Eins, zwei, drei, los!«

Sie springen in den Wirbelsturm hinein. Augenblicklich werden sie im Kreis geschleudert: einmal, zweimal, dreimal – dabei zieht der Sog sie in die Höhe.

»Das war die Käse-Rolle!«, ruft Kokosnuss Long Long zu.
Viermal, fünfmal, sechsmal.
»Das war die verschraubte Mortadella!«, ruft Kokosnuss.
Sieben, acht, neun, zehn, elf.
»Das war der Kräuterquark!«
Zwölf, dreizehn, vierzehn, fünfzehn, sechzehn, siebzehn, achtzehn, neunzehn.
»Das war die Zwiebelmettwurst!«, ruft Kokosnuss, und zu Matilda und Oskar gewandt: »Jetzt hinausspringen!«
»Wie denn?!«, rufen die anderen.
Gemeinsam versuchen sie, aus dem Wirbelsturm zu springen, doch dieser zieht sie immer weiter in die Höhe – 20, 21, 22, 23, 24, 25 –, bis sie plötzlich an einem langen, schuppigen Etwas hängenbleiben.
»Was ist das denn?«, ruft Matilda, während der Sturm um ihre Ohren pfeift.
Da werden die Freunde von dem schuppigen Etwas aus dem Wirbel herausgezogen.

Während der Sturm sich verzieht, erkennen die Freunde, woran sie hängen geblieben sind: am Schwanz von Long Long!
Der Riesendrache lässt die drei Flugkünstler vor seinen Augen baumeln und sagt: »Insgesamt 25 Mal, nicht übel!«
»Übel stimmt«, sagt Kokosnuss, dem ziemlich übel ist.
»Bei mir dreht sich alles«, sagt Matilda.
»Bei mir auch«, sagt Oskar. »Aber doppelt so schnell.«
Long Long lässt die Freunde ins Gras purzeln.

»Danke, Herr Long Long«, sagt Kokosnuss. »Wenn Sie uns nicht gerettet hätten, hätten wir womöglich für immer im Wirbelsturm gesteckt.«

»Wette gewonnen«, sagt Oskar, dem es schon wieder viel besser geht, jetzt, da er festen Boden unter den Füßen hat.

»Nun dürfen Sie uns aber nicht mehr auffressen!«, sagt Matilda.

»Hm«, brummt Long Long.

Plötzlich bebt die Erde. Überrascht blicken alle auf: Der große Herbert betritt die Halbinsel, verschränkt seine Arme vor der Brust und fragt: »Wer will hier wen auffressen?«

»Papa!«, ruft Oskar und springt in Herberts Arme. Long Long betrachtet Herbert von oben bis unten und von rechts nach links, macht eine kleine Verbeugung und sagt: »Ni hao.«

»Äh, genau, Ni hao!«, knurrt Herbert und setzt Oskar wieder ab. »Ich bin der Herbert, und hier wird niemand gefressen, außer von mir!«

»So, so ...«, murmelt Long Long, richtet sich in voller Länge auf, blickt Herbert von oben herab

an, fletscht seine Zähne und sagt: »Wenn hier jemand jemanden frisst, dann ich!«
Er schnüffelt, rümpft die Nase und fügt hinzu: »Allerdings müssen Sie sich keine Sorgen machen. Sie sind ungenießbar.«
»Pah!«, blafft Herbert und stemmt seine Arme in die Hüften. »Ich mache mir keine Sorgen. Ich

mache mir niemals Sorgen! Und wenn hier jemand ungenießbar ist, dann ja wohl Sie! Sie, Sie ... Sie Bohnenstange, Sie!«
»Sehen Sie sich vor, Sie, Sie ... Sie Wurst, Sie!«
Gerade will Herbert auf Long Long losgehen, da ruft Oskar: »Stell dir vor, Papa, wir haben Herrn Long Long eine ungefähr achtfache Zwiebelmettwurst gezeigt!«
Herbert hält inne und sagt: »Mettwurst? Wie ... wo ... äh, aber du bist doch Vegetarier! Zeig doch mal, diese Mettwurst! Schmeckt die gut?«
»Nein, Papa, nicht so eine Mettwurst, sondern ein Flugkunststück, in der Luft!«
»Hä?«
Da meldet sich Kokosnuss: »Herr Ohnesorge[6], müssen wir nicht zu der Hochzeitsfeier? Es ist schon ziemlich spät!«
»Öh, stimmt ja«, brummt Herbert und blickt hinauf zu Long Long: »Tja, leider muss ich jetzt zur Feier.«

[6] So heißen Herbert und Oskar mit Nachnamen.

»Was denn für eine Feier?«, fragt Long Long. Stolz sagt Oskar: »Mein Onkel Helmut heiratet!« »Eine Familienfeier«, sagt Long Long. »Wo müssen Sie denn da hin?«

»Äh ...«, murmelt Herbert und blickt sich um. Dann zeigt er nach Westen und sagt: »Da lang!« »Aber von dort sind wir doch gekommen«, sagt Kokosnuss.

»Wirklich? Äh, ach so…«
Oskar zieht die Hochzeitseinladung aus seiner Tasche und versucht vergeblich, die Adresse zu entziffern.[7]
Long Long wirft einen Blick auf die Einladung und liest: »Dorf unterhalb des großen Ginkgobaumes. Kenne ich. Das liegt an der Grenze zu meinem Reich. Ich bringe euch hin.«

[7] Chinesische Schriftzeichen sind die ältesten noch bestehenden der Welt. Leider kann Oskar kein Chinesisch lesen.

Das Wiedersehen

Während Herbert mit Oskar und Matilda auf dem Rücken dem Drachen Long Long durch den Wald folgt, fliegt Kokosnuss über den Wald hinweg.

Bald sieht der kleine Drache einen alten Ginkgobaum, der sich weithin sichtbar auf einem Hügel erhebt. Da muss es sein, denkt er und zischt in Richtung des Baumes.

Als er dort landet, staunt er nicht schlecht, denn der riesige Long Long ist schon da.

»W-wie s-sind Sie so schnell hierhergekommen?«, fragt Kokosnuss.

Long Long aber lächelt nur und sagt: »Deine Freunde werden gleich hier sein. Dort unten liegt das Dorf. Ich kehre in meine Pagode zurück, aber vorher werde ich noch ein paar Pilze sammeln. Irgendetwas muss ich ja essen. Zài jiàn le!«[8]

[8] Das ist Chinesisch, wird Zai tienn ausgesprochen und heißt Auf Wiedersehen.

Mit diesen Worten kehrt der große Drache in den Wald zurück.
Da bebt wieder die Erde: Herbert kommt prustend den Hügel herauf.
»Puh«, stöhnt der große Fressdrache und blickt sich um. »Wo steckt denn die Riesennudel?«
»Die ist schon wieder weg«, sagt Kokosnuss.
»Seht mal, da kommen zwei Drachen!«, ruft Matilda.
»Das ist Onkel Helmut!«, ruft Oskar.
Vom Dorf aus nähern sich ein Fressdrache und eine Fressdrachin dem Hügel. Der Drache sieht Oskars Vater ähnlich, nur sind seine Haare blond und er trägt ein Bärtchen. Die Fressdrachin ist viel kleiner und hat ein leuchtend blaues Kleid an.
Matilda und Oskar springen von Herberts Rücken, und der Fressdrachenjunge rennt seinem Onkel in die Arme.
»Oskar, du kleiner Grünkohl![9]«, sagt Helmut und drückt seinen Neffen herzlich an die Brust.

[9] Das ist Oskars Spitzname bei den Fressdrachen, weil er Vegetarier ist.

Oskar stellt Kokosnuss und Matilda vor, und Herbert und Helmut klackern ihre Krallen gegeneinander und rufen: »Bruder! Ochse gut, alles gut!«
»Dies ist Mai-Lin, meine Verlobte«, sagt Helmut.
»Ihr Name bedeutet *Schöne Orchidee*!«

»Äh, Ni hao«, sagt Herbert und macht einen Knicks. »Ich bin der Herbert. Das bedeutet *Berühmter Krieger*. Und das stimmt. Äh, Ochse gut, alles gut!«

Die Fressdrachin Mai-Lin lächelt, verbeugt sich und sagt: »Ni hao! Herzlich willkommen!«

Helmut blickt verstohlen zum Wald hinüber und fragt mit gedämpfter Stimme: »War das eben nicht Long Long?«

»Er hat uns hierhergebracht«, sagt Kokosnuss.

»Tatsächlich?«, sagt Helmut ungläubig. »Long Long ist sehr mächtig. Mit dem sollte man sich nicht anlegen.«

Herbert richtet sich auf und sagt: »Pah, den besiege ich mit Leichtigkeit, der soll nur kommen!«

Helmut und Mai-Lin zucken unmerklich zusammen.

»Sagt mal, ganz was anderes: Gibt's hier eigentlich auch was zu beißen?«, fragt Herbert.

»Aber klar!«, sagt Helmut. »Nach der Zeremonie! Folgt uns!«

Im Drachendorf, am Fuße des Ginkgo-Hügels, ist für die Hochzeitsfeier von Mai-Lin und Helmut alles vorbereitet: Auf einem großen Tisch warten große Schüsseln mit Suppen, Reis und Nudeln auf die Gäste. Daneben stehen Schalen mit gedünstetem Gemüse, vielerlei Fleischgerichten und Soßen. Auf einem weiteren Tisch sind Obst und Süßspeisen angerichtet.
Herbert läuft das Wasser im Maul zusammen, doch bevor das Essen beginnt, werden Mai-Lin

und Helmut getraut. Die Trauung ist sehr feierlich und muss nur einmal kurz unterbrochen werden, weil Herberts Magen so laut knurrt, dass die Gäste sich erschrecken.

Der große Herbert entschuldigt sich und wartet höflich, bis das Hochzeitspaar verkündet: »Zu Tisch!«

»Das lob ich mir!«, ruft Herbert freudig, schnappt sich eine Riesenfleischkeule und verspeist sie samt Knochen mit einem einzigen Happs.

»Papa«, flüstert Oskar. »Denk an die Stäbchen!«

»Äh, ach so, stimmt ja«, sagt Herbert, nimmt sich zwei Stäbchen und spießt eine weitere Keule auf.

Mai-Lin füllt etwas Reis in ein Schälchen, gießt Suppe hinein und isst den Suppenreis geschickt mit zwei Stäbchen. Herbert aber schüttet Reis und Soße in eine Schale, schlürft alles aus und grunzt: »Ahhh – lecker! Reis mit Soße!«

Matilda stupst Oskar an und flüstert: »Dein Papa hat gerade Reis mit Soße gegessen und es ›lecker‹ gefunden!«

Oskar starrt seinen Vater verblüfft an und sagt: »Irgendetwas stimmt nicht mit ihm.«
»Kokosnuss hatte recht«, sagt Matilda. »Das chinesische Essen ist sehr gut!«
Kokosnuss zwinkert Oskar zu und sagt: »Vielleicht wird dein Papa noch ein Vegetarier.«

Herbert aber hat gute Ohren und knurrt: »Pah! Nie im Leben!« und verschlingt einen Bratochsen mit Sojasoße. So feiert die Hochzeitsgesellschaft ein ausgelassenes Fest bis in die frühen Morgenstunden.

Einige Tage später bringt Helmut seine Gäste zurück zum Fluss. Dieses Mal machen sie einen Bogen um Long Longs Reich, denn wer weiß, ob der große Drache sie nicht doch noch in den Suppentopf werfen will …

Foto: privat

Ingo Siegner, 1965 geboren, wuchs in Großburgwedel auf. Schon als Kind erfand er gerne Geschichten. Später brachte er sich das Zeichnen bei. Mit seinen Büchern vom kleinen Drachen Kokosnuss, die in viele Sprachen übersetzt sind, eroberte er auf Anhieb die Herzen der jungen LeserInnen. Ingo Siegner lebt als Autor und Illustrator in Hannover.

Vielen Dank an Kai-Ting Pan für die Beratung zu diesem Buch und an Anja und Helmut für das anregende Gespräch über China!

Alle Kokosnuss-Abenteuer auf einen Blick:

0. Der kleine Drache Kokosnuss reist um die Welt (groß: 978-3-570-17981-9 und klein: 978-3-570-17980-2)
1. Der kleine Drache Kokosnuss kommt in die Schule (978-3-570-12716-2)
2. Der kleine Drache Kokosnuss – Hab keine Angst! (978-3-570-12806-0)
3. Der kleine Drache Kokosnuss und der große Zauberer (978-3-570-12807-7)
4. Der kleine Drache Kokosnuss und der schwarze Ritter (978-3-570-12808-4)
5. Der kleine Drache Kokosnuss – Schulfest auf dem Feuerfelsen (978-3-570-12941-8)
6. Der kleine Drache Kokosnuss – Seine ersten Abenteuer (groß: 978-3-570-17566-8 und klein: 978-3-570-17567-5)
7. Der kleine Drache Kokosnuss feiert Weihnachten (groß: 978-3-570-17565-1 und klein: 978-3-570-17564-4)
8. Der kleine Drache Kokosnuss und die Wetterhexe (978-3-570-12942-5)
9. Der kleine Drache Kokosnuss und die wilden Piraten (978-3-570-13437-5)
10. Der kleine Drache Kokosnuss im Spukschloss (978-3-570-13039-1)
11. Der kleine Drache Kokosnuss und der Schatz im Dschungel (978-3-570-13645-4)
12. Der kleine Drache Kokosnuss und das Vampir-Abenteuer (978-3-570-13702-4)
13. Der kleine Drache Kokosnuss und das Geheimnis der Mumie (978-3-570-13703-1)
14. Der kleine Drache Kokosnuss und die starken Wikinger (978-3-570-13704-8)
15. Der kleine Drache Kokosnuss auf der Suche nach Atlantis (978-3-570-15280-5)

16. Der kleine Drache Kokosnuss bei den Indianern (978-3-570-15281-2)
17. Der kleine Drache Kokosnuss im Weltraum (978-3-570-15283-6)
18. Der kleine Drache Kokosnuss reist in die Steinzeit (978-3-570-15282-9)
19. Der kleine Drache Kokosnuss – Schulausflug ins Abenteuer (978-3-570-15637-7)
20. Der kleine Drache Kokosnuss bei den Dinosauriern (978-3-570-15660-5)
21. Der kleine Drache Kokosnuss und der geheimnisvolle Tempel (978-3-570-15829-6)
22. Der kleine Drache Kokosnuss und die Reise zum Nordpol (978-3-570-15863-0)
23. Der kleine Drache Kokosnuss – Expedition auf dem Nil (978-3-570-15978-1)
24. Der kleine Drache Kokosnuss – Vulkan-Alarm auf der Dracheninsel (978-3-570-17303-9)
25. Der kleine Drache Kokosnuss bei den wilden Tieren (978-3-570-17422-7)
26. Der kleine Drache Kokosnuss und der Zauberschüler (978-3-570-17569-9)
27. Der kleine Drache Kokosnuss bei den Römern (978-3-570-17656-6)
28. Der kleine Drache Kokosnuss und der chinesische Drache (978-3-570-17734-1)
29. Der kleine Drache Kokosnuss und die Drachenprüfung (978-3-570-17829-4)
30. Der kleine Drache Kokosnuss in Australien (978-3-570-17976-5)
31. Der kleine Drache Kokosnuss – Aufregung in der Drachenschule (978-3-570-18068-6)
32. Der kleine Drache Kokosnuss bei den alten Griechen (978-3-570-18143-0)
33. Der kleine Drache Kokosnuss in der Tiefsee (978-3-570-18253-6)